孙子兵法

——第十八册

上海人民美术出版社

浙江人民美术出版社

目　录

虚实篇 · 第十八册 ───────────────────────

慕容垂分兵置疑击西燕 ……………………………………………………………… 1

邓艾知敌善守拒姜维 ……………………………………………………………… 21

邓艾间道入川灭刘禅 ……………………………………………………………… 45

马燧攻其必救击田悦 ……………………………………………………………… 91

慕容垂分兵置疑击西燕

编文：甘礼乐 刘辉良

绘画：叶 雄丰 文 王培杰

原　文　善攻者，敌不知其所守。

译　文　善于进攻的，使敌人不知道怎么防守。

1. 东晋孝武帝太元十九年（公元 394 年）二月，后燕主慕容垂大举兴兵，进攻在长子（今山西长子西南）称帝的西燕主慕容永。

4

2. 慕容垂大张旗鼓地调遣三路兵马，明确指定他们分别从滏（fǔ）口、壶关、沙亭出发，去进攻西燕。

3. 西燕主慕容永闻报，急忙分兵到各路要道去拒守，并在台壁（今山西襄垣东北）囤积粮食，派征东将军小逸豆归等将率万余人守护粮仓。

6

4. 后燕诸路兵马在慕容垂的直接指挥下，到达指定位置后，按兵不动，滞留了一个多月。

5. 西燕主久知慕容垂善于用兵，诡计多端，多日不见后燕军动静，怀疑慕容垂是声东击西，另从轵（zhī）关（今河南济源西北，太行八陉中第一陉）入侵，遂从各部抽调兵力集结于轵关，只留台壁一军未动。

8

6. 慕容垂见西燕中计，立即指挥三军越过滏口（今河北磁县西北，太行八陉之一），直扑台壁。

7. 驻守台壁的西燕守将小逸豆归飞报慕容永，慕容永派堂兄大逸豆归前往援救，却被慕容垂部将平规截住，一阵痛击，大败而回。

8. 小逸豆归待援不至，只好和王次多、勒马驹等守将拼死出战。平规再与三人奋力拼搏，杀得难解难分。

9. 这时后燕两支生力军相继赶到，纵横驰骤，锐不可当。小逸豆归自知不敌，急忙收兵，遇后燕军两面围裹，一时不能杀出重围。

10. 西燕军拼死冲杀，才开出一条血路，奔入垒中，部众万余名伤亡了六七千，王次多被擒，勒马驹战死。

11. 后燕军将台壁围得铁桶似的，小逸豆归坐守台壁粮仓，眼巴巴等待
　　救兵到来。

12. 大逸豆归狼狈败回，慕容永一面急召轵关军回师，一面自率精兵五万驰救台壁。

13. 慕容垂见西燕主亲率大军前来救援，便列阵台壁南面，命一千精骑，埋伏于涧下。

14. 次日交兵，由慕容垂亲往挑战，两下里不及答话，便将对将、兵对兵，恶斗起来。没多时，慕容垂拍马返奔，将士也纷纷败退，拖刀曳枪而逃。

15. 慕容永拍马舞刀，挥兵急追，争从涧中跃过，大有一举吞灭对方之势。

16. 不料追驰不久，两员后燕猛将率军左右杀出，两面夹攻；慕容垂也回马杀来，迎头痛击。慕容永三面受攻，抵敌不住，只得回马奔还。

17. 慕容永驰返涧旁，不防又有一千伏骑杀出，切断去路，西燕军四面受攻，顿时全军大乱，或被杀，或被溺，死了无数士卒。慕容永本人幸得逃脱，奔回都城长子。

18. 慕容垂兵围长子，大逸豆归的部将开城投降，慕容永束手就擒。西燕终为后燕所灭。

战 例 # 邓艾知敌善守拒姜维

编文：冯元魁

绘画：王耀南 江 淮 江 楠

原　文　善守者，敌不知其所攻。

译　文　善于防守的，使敌人不知道怎么进攻。

1. 三国魏嘉平元年（公元249年）秋，蜀汉卫将军姜维为了完成先丞相诸葛亮的遗愿，率蜀军数万伐魏，并准备联络羌族部落攻打雍州（治所在今陕西西安西北）。

2. 姜维在麴山（今甘肃岷县东南）被魏将郭淮、陈泰、邓艾等用围城堵援的策略打败，向南退走，蜀军损失数千人，部将句安、李歆被迫投降。

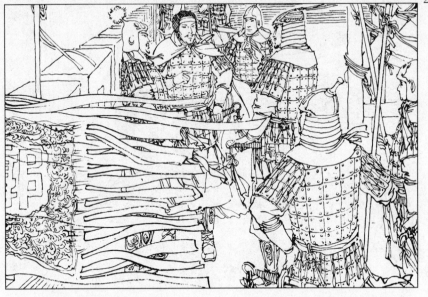

3. 郭淮见姜维退走，对陈泰、邓艾等诸将说："羌族部落屡屡助蜀犯我，现蜀军败走，我意乘胜西去征讨，以绝后患，不知诸位将军意下如何？"

4. 邓艾沉思了一会说："郭将军，这次蜀军未受很大损失而退兵，姜维必不甘心，现在他还未走远，若我大军西去，或许他还会重来。我们宜留驻一支人马，以防不测。"

5. 郭淮觉得邓艾的话有理，遂命邓艾率本部人马留守。

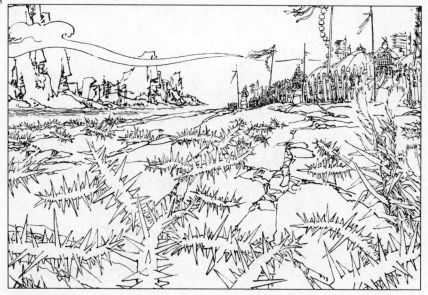

6. 郭淮率魏军主力西征后，邓艾就率本部人马在白水北岸（今甘肃武都、
   文县附近）扎下大营，并传令多备弓箭，坚守营寨，寨前遍布鹿角、铁蒺藜，
   防止蜀军袭击。

7. 姜维率蜀军向南退过白水，继续退了五十余里，不见魏军来追，就传令就地扎营休息，并派出几路探马，打探魏军动静。

8. 第二日，探马来报："魏军主力已西去，邓艾在白水北扎营，离邓艾营地以北六十里的洮城，魏军兵力不足。"

9. 姜维听罢十分高兴，命部将廖化率一支人马返回白水南岸扎营；传令其他各部做好征战的准备。

10. 邓艾在白水北岸扎营已三日。这日正与部将商议军事,哨兵来报:"南岸尘土飞扬,可能是蜀军来袭。"邓艾急忙传令全体将士准备迎战。

11. 邓艾急步走上寨楼，见南岸蜀军大旗高悬，前锋已进到江边。邓艾传令击鼓，顿时鼓声擂响，魏军齐声呐喊，以壮军威。

12. 蜀军大队抵达岸边，并不理会魏军的呐喊，廖化指挥蜀军安营扎寨，毫无渡河攻寨的迹象。

13. 邓艾见蜀军没有渡河，传令停止击鼓。只教将士们坚守营寨，注意蜀军动向。

14. 邓艾召来众将，说："蜀军这次突然返回，我军人少，他们本应渡河来攻。现廖化却在对岸安营扎寨，与我们隔河相峙，看来姜维是另有企图的。"

15. 邓艾想了一下，又说："姜维派廖化来必是为了牵制我们，他知洮城我军兵力薄弱,必去袭取洮城。"诸部将点头称是。邓艾便一一作了部署。

16. 当天夜里，邓艾留下一支人马坚守营寨。自己率一支精兵离开大营，人衔枚，马裹蹄，沿白水北岸急行军六十里，悄悄进入了洮城。

17. 进了洮城，邓艾命将士们隐蔽在女墙后面，就地休息，不准生火，
只吃干粮。

18. 第二天，姜维果然率蜀军到达洮水南岸，见对岸洮城没有什么动静，以为魏军毫无防备，便传令渡河攻城。

19. 蜀军刚至江中，邓艾一声令下，城上鼓角齐鸣，魏军突然一齐站起，高声呐喊，万箭齐发，密如骤雨。蜀军纷纷落水。

20. 蜀军损失惨重。姜维见邓艾已识破自己的计策抢先进据了洮城，如再强攻损失更大，急忙鸣金收兵。

21. 蜀军在麒山和洮城两次战斗中损失了许多人马,元气大伤,无力再进攻中原,只得退兵。

22. 邓艾因防守洮城有功，被魏帝封为讨寇将军，并赐爵关内侯。

战 例 # 邓艾间道入川灭刘禅

编文：冯元魁

绘画：王耀南　朱顺津
　　　王　佚　郭　廓

原　文　进而不可御者，冲其虚也。

译　文　前进而使敌人不能抵御的，是因为袭击它空虚的地方。

1. 魏景元元年（公元 260 年），魏帝曹髦遇害，相国司马昭立年仅十五岁的曹奂为帝，自己独揽大权。魏国的政治日趋稳定，经济发展迅速。

2. 这时的蜀汉，因后主刘禅昏庸无能，任凭宦官黄皓专权乱政，国势更衰。大将军姜维请杀黄皓未遂，反遭谗言被免职。姜维借口屯田，率部远离成都，避祸沓中（今甘肃岷县以南、舟曲西北地区）。

3. 魏景元四年（公元263年），司马昭决定乘蜀汉内政不修，边备不足，出兵灭蜀。群臣多持不同意见，只有司隶校尉钟会赞成。

4. 司马昭对群臣分析说:"我估计蜀兵有九万,驻守成都和其他地方不下四万,余下不过五万。如将姜维牵制在沓中,使他不能东顾,我大军出其空虚之地,袭取汉中,蜀汉灭亡,可以预知。"

5. 于是，司马昭任命钟会为镇西将军，先去关中进行灭蜀准备。命其余各州准备船只，扬言攻吴，以迷惑蜀汉。

6. 同年秋，魏军三路攻蜀。征西将军邓艾率兵三万自狄道（今甘肃临洮西南）进军沓中，牵制姜维；雍州刺史诸葛绪率兵三万进军桥头（甘肃文县东南），切断姜维退路。

7. 钟会率主力十二万，分由斜谷（今陕西眉县西南）、骆谷（今陕西周至西南）、子午谷（今陕西西安南），乘虚直取汉中，然后南下攻蜀。

8. 姜维在沓中见邓艾军来到，又探知钟会军已入汉中，怕阳安关（即阳平关，今陕西宁强西北）有失，危及剑阁。一旦剑阁天险失守，成都兵少力弱，难以抗击，就决定摆脱邓艾，东援阳安关。

9. 邓艾见姜维东撤，一路追杀。诸葛绪军也到达阴平（今甘肃文县西），在桥头截断姜维的归路。

10. 姜维从侧后向诸葛绪进攻，诸葛绪害怕被断了后路，退兵三十里。姜维乘机越过桥头，与从成都北上支援的廖化、张翼部队会合。

11. 姜维原准备赴阳安关迎战钟会，获悉阳安关已被钟会攻占，就急忙召集部队，退回剑阁，凭借天险，设防固守。

12. 剑阁又名剑门山（在今四川剑阁北），由大剑山、小剑山组成，山峰如剑直插青天，山间唯有一条飞阁通道相连。当钟会率军到达时，姜维已牢守关口，凭险阻堵住了十余万魏军的前进。

13. 钟会数次强攻均未奏效，两军主力列阵对峙。一个多月后，魏军粮草不继，钟会深恐发生不测，准备撤军。

14. 在阴平的邓艾得知钟会准备退军，急忙上书司马昭建议：敌军已遭挫折，我们应乘胜进军，并提出偷度阴平、出奇制胜的袭击方案。

15. 邓艾在建议书上说："可秘遣一支精锐从阴平小道直趋涪县（今四川绵阳东），那里距成都仅三百余里，我可出奇兵击其腹心，出其不意。驻在剑阁的姜维军必定回救涪县，则钟会军可与我并肩而攻了。"司马昭采纳了这个建议。

16. 于是，邓艾决定带兵走阴平小道。自阴平至涪县，只有樵猎小道。
这条道路只有像猴子似的攀援、跳跃，才能通过。邓艾率兵出发。

17. 这年十月, 邓艾命儿子邓忠率一支精兵, 作为先头部队, 提前出发。

18. 邓忠率先头部队，一律轻装，不穿铁甲，各执斧凿器具，进入阴平小道，爬山越岭，披荆斩棘，在前面开路。凡遇峻危之处便凿山开道，遇涧架桥。

19. 随后，邓艾率本部人马，各带干粮绳索，穿行在巅崖峻谷之中。部队行进十分困难，每日只能前行二三十里。

20. 邓艾率魏军在阴平小道中艰难地行走了二十余日，行程七百余里。这天，行至摩天岭下，山路陡峭，马匹已无法行进，邓艾只得弃马步行上岭。

21. 上岭后，邓艾见邓忠和开路壮士们均在哭泣，问其缘故，邓忠说："此岭西面均是陡壁悬崖，路已无法开，干粮也已吃尽，眼看将要前功尽弃，因而伤心。"

22. 邓艾鼓励将士们说："此岭下面就是江油，只有进，没有退！"命令大家先把军械用绳索吊下崖去。

23. 然后，邓艾用毡毯裹着身子，带头从陡壁上滚下山去。众将士见了，有毡毯的也学着裹着身子滚下崖去。

24. 没有毡毯的将士，有的用绳索束在腰上，有的攀着树木藤条，一个接着一个慢慢地攀下崖去。

25. 下了悬崖，魏军忽然发现两处屯兵的空营。诸葛亮生前曾派兵在此屯守。邓艾叹息着说："如诸葛丞相还活着，我们都只能当俘虏了。"

26. 邓艾集合好队伍,对将士们说:"我们有来路而无归途,粮食也已用尽。前面就是江油城,城中粮食充足,只有攻下江油,我们才能活命。"将士们皆响应说:"愿死战!"

27. 江油守将马邈，见魏兵从天而降，惊恐不已，竟不战开城投降。从江油到成都，只有涪县和绵竹两个关口了。

28. 蜀后主刘禅闻邓艾率魏军抄小路夺取江油城，十分吃惊，急忙诏令先丞相诸葛亮之子诸葛瞻率军从成都出发阻击魏军。

29. 蜀军前锋进驻涪县后，诸葛瞻下令停止前进，准备坚守涪县。

30. 部将黄崇几次向诸葛瞻建议:"我军应迅速前进,占领有利地形,据险防守,如果让魏军到达平原地区,我们就无险可守了。"诸葛瞻犹豫不决,没有采纳黄崇的意见,准备在平原地区与邓艾决战。

31. 魏军在江油集结后，迅速向涪县挺进，在涪城击败了蜀军的前锋部队，占领了涪县，诸葛瞻只得退守绵竹。

32. 邓艾派人送信给诸葛瞻，劝他投降。诸葛瞻大怒，杀了魏军信使，在绵竹城外列阵等待魏军决战。

33. 邓艾派儿子邓忠从右，部将司马师纂从左，从两翼向蜀军发起攻击。

34. 诸葛瞻与儿子诸葛尚率蜀军分头迎击，打退了魏军的进攻。

35. 邓忠、司马师纂败下阵来见邓艾说："蜀军不可战胜！"邓艾大怒，斥责他们说："生死存亡在此一举，为什么说不能战胜！"并下令要把他们斩首。诸部将求情才告免，邓艾令他们再战。

36. 二人重又率魏军向蜀军发起攻击。邓艾也率其余魏军参加攻击。蜀
军抵挡不住魏军的猛烈攻势，被杀伤无数，诸葛瞻及其子诸葛尚及黄崇
均战死，蜀军余部弃城而逃。

37. 邓艾占领了绵竹，闻姜维已从剑阁南下救援，便传令迅速向成都进军。

84

38. 蜀军从绵竹败下阵来，已溃不成军，向成都逃去，老百姓听说魏军已直入平原，纷纷向山泽地区躲避。

39. 蜀后主刘禅闻报诸葛瞻战死，魏军已占领绵竹，正向成都袭来，顿时慌了手脚，忙召集群臣商议对策。

40. 众大臣意见不一，有的主张退守川南以图再兴，有的建议投奔东吴；光禄大夫谯周主张降魏，以求封得一块土地，能过安稳的日子。

41. 刘禅犹豫再三，最终赞同谯周的意见，决定降魏，遣侍中张绍捧着皇帝的玉玺去向邓艾求降，并派太仆蒋显传诏令姜维向魏军投降。

42. 魏景元四年十一月，刘禅带领太子和群臣六十余人，到成都北门外的邓艾大营投降。至此，经历了四十三年的蜀汉终于灭亡。

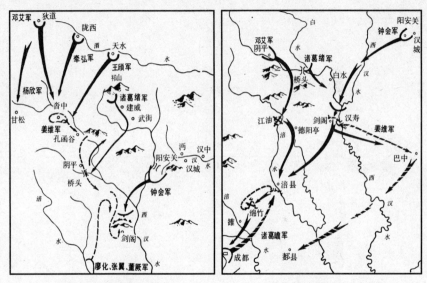

姜维退守剑阁示意图　　　　　邓艾偷度阴平示意图

孙 子 兵 法

SUN ZI BING FA

马燧攻其必救击田悦

编文：杨坚康

绘画：陈运星 赵清民
　　　福 清 川 公

原　文　　我欲战，敌虽高垒深沟，不得不与我战者，攻其所必救也。

译　文　　我军要打，敌人即使高垒深沟也不得不脱离阵地作战，是因为进
　　　　　攻敌人所必救的地方。

1. 唐朝代宗时期，各地节度使掌握了地方军政大权，不服朝廷法令，职位往往父死子继，相互之间或攻战不已，或联合反唐，形成"藩镇割据"、军阀混战的动乱局面。

2. 唐大历十四年（公元 779 年），唐代宗去世，唐德宗李适（kuò）继位。
李适为了复兴唐朝，制定了"和边击藩"的政策，即对外与吐蕃、回纥
言和息战，对内准备荡平藩镇割据。

3. 建中二年（公元 781 年），成德节度使李宝臣去世，他的儿子行军司马李惟岳上表请德宗承认他继任节度使。

4. 唐德宗意在革除前弊，对大臣们说："贼臣无非是凭借我给予的土地，借我的名义去号召聚集部属。以前满足他们越多，叛乱越多，所以，给予爵命非但不足以制乱，反而是助乱。"对李惟岳的请求不予批准。

5. 魏博（今河北大名一带）节度使田悦和淄青（今山东益都一带）节度使李正己均派遣使者到李惟岳处，密谋抗命。他们又联络了山南东道（今湖北襄樊一带）节度使梁崇义共同出兵与朝廷作战，形成了"四镇之乱"。

6. 唐建中二年（公元 781 年），田悦派兵八千包围邢州（今河北邢台），自率数万军马包围临洺（今河北永年西）。

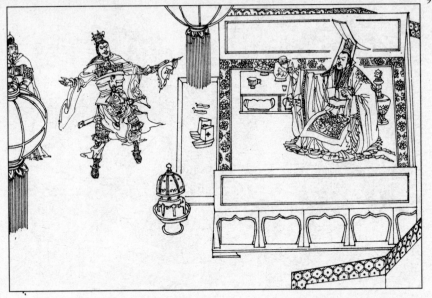

7. 七月，临洺告危，朝廷命河东节度使马燧、昭义节度使李抱真等率军前往救援。

8. 官军在邢州、临洺两地先后击破田悦军。田悦损伤万余人马,连夜退走,临洺、邢州之围遂解。

9. 地处河北的成德、淄青两镇节度使，见田悦兵败，都派兵驰援。田悦组成三镇联军退至洹（huán）水（今河南安阳河）下游防守。

10. 唐建中二年十二月，朝廷任命马燧为魏博招讨使。建中三年春，马燧偕李抱真等率军进至漳水之滨（洹水西）。田悦派部将王光进在长桥筑月城，阻止官军过河。

11. 马燧命令士兵用铁链锁起数百辆满载土袋的车辆，牵入河中，堵截水流。

12. 漳河下游水浅，官军涉水过河。王光进弃桥而退。

13. 马燧率领官军进入河北三个叛镇辖地，但粮草尚未运到。马燧知道必须速战速决，不然大军有险。田悦也察觉官军缺粮，便传命三军坚守不战。

14. 马燧让诸军将士带十日粮，开赴敌人纵深处仓口（今河北磁县与临漳之间），与田悦军隔洹水对峙。

15. 协同马燧作战的昭义节度使李抱真等人疑惑地问道:"我军粮草不足,为什么还要深入敌境呢?"马燧回答说:"正是因为粮少,才应速战。如今三镇联军坚守不战,目的是疲劳我师,可以不战屈人。"

16. 马燧继续说："我如分兵击其左右两侧，田悦必去救援，我军可能腹背受敌，对我不利；我现在直逼其中坚，田悦亦必去救援，这就能使我军必胜了。这就是兵法所说的攻其所必救。"众将领悟，点头称是。

17. 官军迫近洹水列营。马燧命军士修造三座便桥，连日过水挑战，但田悦坚持不战。

18. 几天过去了，官军所带粮食将尽。一日半夜，马燧突然下令，三军起床吃饭，然后悄悄出营，沿着洹水直奔田悦老巢魏州（今河北大名东北）。

19. 马燧安排数百骑兵，留在营内，继续击鼓鸣角，点烧营火。

20. 黎明时分，待大军全部出发，留营的骑兵停止鼓角出营隐匿。官军大营刹那间寂静无声。

21. 天明，田悦得知官军已撤，率军过桥进入唐营，但见人去营空，只留下几堆冒着残烟的营火。

22. 探骑来报，官军已经扑向魏州。田悦大惊，急命退军追赶马燧，驰救魏州。行至水边，见官军修造的三座便桥已在焚烧。田悦率四万步骑好不容易才修复便桥，逾桥过河。

23. 追出十余里，见官军就在前方不远。原野秋草干枯，又遇顺风，田悦立即下令乘风纵火，呐喊进击。

24. 马燧见田悦已中计，下令全军停止前进，布成阵势，割除阵前百步的衰草、荆棘，等待叛军。

25. 田悦军追到，大火已灭，士兵都已疲惫不堪。马燧不失时机地下令攻击。友军从左右两翼进攻，马燧亲率本部河东军从中路攻入敌阵。

118

26. 田悦也分军迎战。两军接战后，官军两翼部队不敌稍退。

27. 马燧指挥河东军冒死冲来，无人敢挡。两翼军见后也返身作战。田悦抵挡不住，相率败逃。

28. 田悦军退逃到洹水边，便桥早又被马燧埋伏的骑兵烧毁，叛军惊慌大乱。

29. 官军紧紧追杀，叛军士兵只好跳水逃命，被淹死无数。逃跑不及的叛军，被斩二万多人，被俘三千余人。

30. 叛军溃败。田悦只收得败兵千余人逃往魏州。

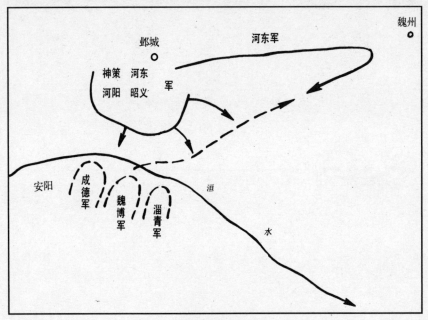

洹水之战示意图

孙 子 兵 法

SUN ZI BING FA